RIOS DE ESTÓRIAS

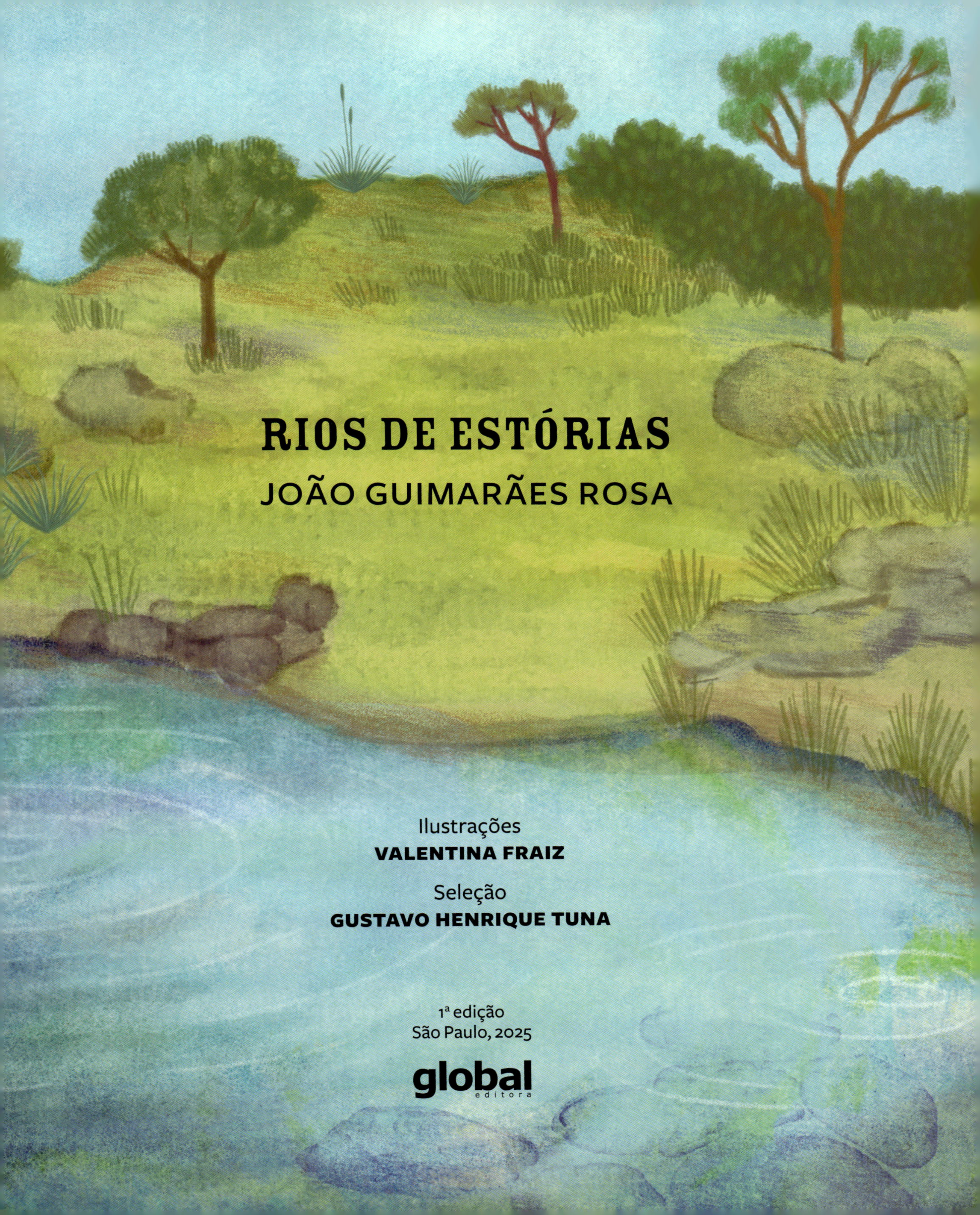

RIOS DE ESTÓRIAS

JOÃO GUIMARÃES ROSA

Ilustrações
VALENTINA FRAIZ

Seleção
GUSTAVO HENRIQUE TUNA

1ª edição
São Paulo, 2025

global
editora

1ª Edição, Global Editora, São Paulo 2025

Jefferson L. Alves – diretor editorial
Flávio Samuel – gerente de produção
Gustavo Henrique Tuna – seleção
Juliana Campoi – coordenadora editorial
Valentina Fraiz – ilustrações
Claudia Furnari – projeto gráfico
Equipe Global Editora – produção editorial e gráfica

Dados Internacionais de Catalogação na Publicação (CIP)
(Câmara Brasileira do Livro, SP, Brasil)

Rosa, João Guimarães, 1908-1967
Rios de estórias / João Guimarães Rosa ; ilustrações Valentina Fraiz ; seleção Gustavo Henrique Tuna. – 1. ed. – São Paulo : Global Editora, 2025.

ISBN 978-65-5612-643-2

1. Literatura infantojuvenil I. Fraiz, Valentina. II. Tuna, Gustavo Henrique. III. Título.

24-216112 CDD-028.5

Índices para catálogo sistemático:

1. Literatura infantil 028.5
2. Literatura infantojuvenil 028.5

Cibele Maria Dias - Bibliotecária - CRB-8/9427

Obra atualizada conforme o
NOVO ACORDO ORTOGRÁFICO DA LÍNGUA PORTUGUESA

Global Editora e Distribuidora Ltda.
Rua Pirapitingui, 111 – Liberdade
CEP 01508-020 – São Paulo – SP
Tel.: (11) 3277-7999
e-mail: global@globaleditora.com.br

grupoeditorialglobal.com.br
blog.grupoeditorialglobal.com.br
/globaleditora
/globaleditora
@globaleditora
/globaleditora
@globaleditora
@globaleditora

Nº de Catálogo: **4684**

TOPAMOS com um corguinho amável
— um ribeiro filiforme, de corrida cantada,
entre marulho e arrulho, e água muito branca.

Vinha da sombra e
atravessava a estrada.
Sorria.

NESSES BREJOS maiores de vereda,
e nos corguinhos e lagoas muito limpas,
sucuri mora. Às vezes ela se embalança,
amolecida, grossa, ao embate da água, feito
escura linguiça presa pelas pontas, ou sobeja
serena no chão do fundo, como uma sombra;

tem quem escute, em certas épocas,
o chamado dela — um zumbo cheio,
um ronco de porco; mas se esconde
é mais, sob as folhas largas, raro
um pode ver quando ela sai do poço,
recolhendo sol, em tempo bom.

A VÁRZEA GRANDE deu muito peixe:
os camboatás, com dois bigodinhos
de cada lado: cascudos e traíras, poucas:
e, principalmente, os barrigudinhos.

OS POMBOS de arribada,
transpondo regiões estranhas,
e os patos-do-mato,
de lagoa em lagoa, e os machos
e fêmeas de uma porção
de amorosos, solitários
bichinhos, todos se orientando
tão bem, sem mapas [...].

O MARREQUINHO pousa tão próprio, aninhado e rodado, que a lagoa é que parece uma palma de mão, lisa e maternal, a conduzi-lo. O rabo é leme ótimo: só com um jeito lateral, e o bichinho trunca a rota. Para. Balouça. Sacode a cabeça n'água. Espicha um pezinho, para alimpar o pescoço. E vai juntar-se aos outros marrecos [...].

DE AINDA AURORA, a anta passara fácil por aqui, subindo do rio, de seu brejo de buritis, dita vereda. Marcava-se o bruto rastro: aos quatro e três dedos, dos cascos, calcados no sulco fundo do carreiro, largo, no barro bem amarelo, cor que abençoa.

HAVIA O TUCANO — sem jaça — em voo
e pouso e voo. De novo, de manhã, se
endereçando só àquela árvore de copa alta,
de espécie chamada mesmo tucaneira.
E dando-se o raiar do dia, seu fôlego dourado.

Cada madrugada, à horinha, o tucano, gentil, rumoroso: ...*chégochégochégo*... — em voo direto, jazido, rente, traçado macio no ar, que nem um naviozinho vermelho sacudindo devagar as velas, puxado; tão certo na plana como se fosse um marrequinho deslizando para a frente, por sobre a luz de dourada água.

JÁ OS IRERÊS descem primeiro na margem, e ficam algum tempo no meio dos caniços. Devem ter ovos lá. Os do frango-d'água eu sei onde estão, muito bem ocultos entre as tabuas.

AS NARCEJAS, há tempo que vieram, e se foram.
Os paturis ainda estão por chegar. Vou esperá-los.
Também pode ser que apareça alguma garça ou
um jaburu, cegonhão seu compadre, ou que volte
a vir aquele pássaro verde-mar com pintas brancas,
do qual ninguém sabe o nome por aqui.

AGORA, outra desconhecida, verde-escura esta, parecendo uma grande andorinha. Vem sempre. Tem voo largo, mas é má nadadora. E incontentável: toma seu banho de lagoa, vai lá adiante no brejo, e ainda tenta ligeira imersão no riacho.

E aquele? Ah, é o joão-grande. Não o tinha visto. Tão quieto...
Mas, de vezinha — *i-tchungs!* — tchungou uma piabinha.
E daqui a pouco ele vai pegar a descer e a subir o bico,
uma porção de vezes, veloz como a agulha de uma máquina
de costura, liquidando o cardume inteiro de piabas.

EM ABRIL, quando passaram as chuvas,
o rio — que não tem pressa e não tem margens,
porque cresce num dia mas leva mais de mês
para minguar — desengordou devagarinho,
deixando poços redondos num brejo de ciscos:
troncos, ramos, gravetos, coivara;

cardumes de mandis apodrecendo; tabaranas vestidas
de ouro, encalhadas, curimatãs pastando barro
na invernada; jacarés, de mudança, apressados;
canoinhas ao seco, no cerrado; e bois sarapintados,
nadando como búfalos, comendo o mururê-de-flor-roxa
flutuante, por entre as ilhas do melosal.

SÓ NA FOZ DO RIO É QUE SE OUVEM
OS MURMÚRIOS DE TODAS AS FONTES.

GLOSSÁRIO

Camboatá (*Callichthys callichthys*)
Peixe encontrado na maioria dos rios da América do Sul. Tem o corpo coberto por placas ósseas e barbilhões (estruturas que se assemelham a uma barba) anexos à sua boca. Possui coloração cinza ao longo do dorso.

Brejo
Terreno alagadiço.

Cascudo
(*Hemiancistrus chlorostictus*)
É o nome dado aos peixes da família *Loricariidae*, largamente encontrados nos rios de nosso país. Possui o corpo delgado, revestido por placas ósseas; alguns deles têm a boca rodeada por barbilhões.

Coivara
Conjunto de galhos e troncos que são levados pelas cheias e descem os rios.

Corguinho
Um córrego pequeno.

Curimatã (*Prochilodus lineatus*)
Peixe, também conhecido como curimba, que possui corpo prateado, achatado e com grandes escamas. Sua boca tem formato de ventosa. Pode ser encontrado em todo o território brasileiro.

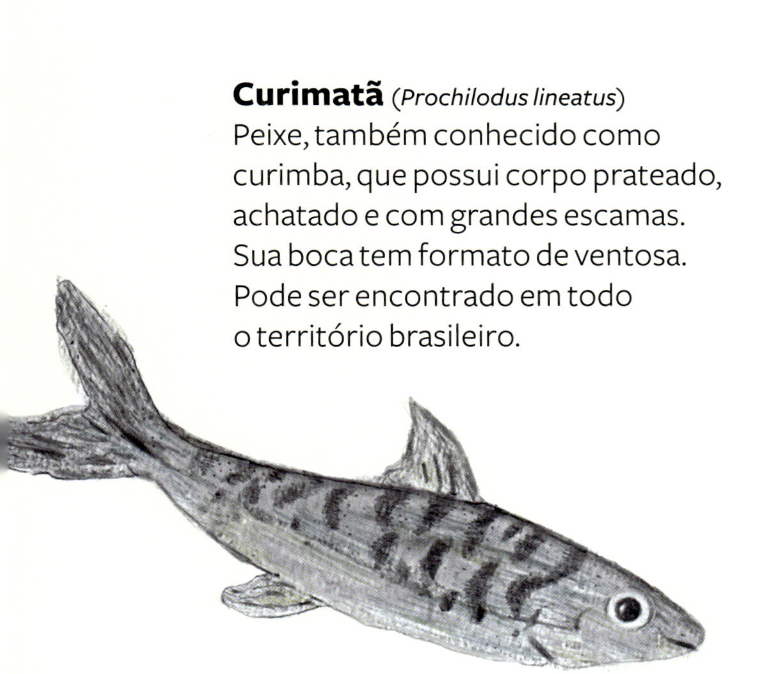

Frango-d'água
(*Gallinula chloropus*)
Ave que habita áreas alagadas da América do Sul e América Central. Chama a atenção pelo vermelho que vai de sua testa até quase o final do bico e pelas penas em tons intensos de azul.

Irerê (*Dendrocygna viduata*)
Ave aquática semelhante ao pato. É também conhecida pelos nomes de paturi e siriri. Em algumas regiões do Brasil é chamada de marreca. Tem o costume de voar em bandos e habita lagos, lagoas e rios nos quais há farta vegetação.

Jaburu (*Jabiru mycteria*)
Também conhecida como tuiuiú, é uma ave de grande estatura, pertencente à família das cegonhas. Tem pernas e pescoço longos. Seu bico e boa parte de seu pescoço são pretos. Gosta de habitar as margens dos rios. No Brasil, é considerada a ave-símbolo do Pantanal.

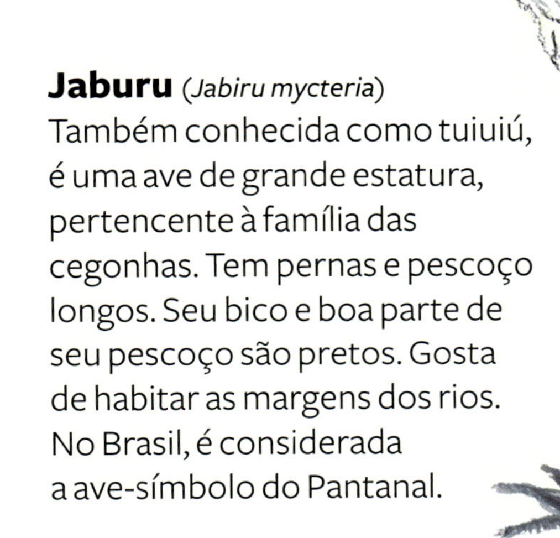

João-grande
(*Ciconia maguari*)
Ave com dorso repleto de plumagens e de pernas longas, pertencente à família das cegonhas. Costuma habitar brejos e campos úmidos. É vista principalmente na região Sul do Brasil.

Mandi
(*Parapimelodus valenciennis*)
Peixe de pequeno porte que possui o corpo alongado e fino. Possui espinhos nas nadadeiras dorsais e peitorais, e barbilhões que partem da boca. Vive principalmente no fundo dos rios.

Mururê-de-flor-roxa
(*Eichhornia azurea Kth.*)
Planta que flutua na água, também conhecida como aguapé. Pode ser vista em rios de boa parte do país. Possui propriedades medicinais.

Melosal
Área de capim-meloso.

Narceja (*Gallinago paraguaiae*)
Ave vista em boa parte da América do Sul, de bico longo e reto e de pernas curtas. Costuma habitar margens de rios, riachos, lagos e lagoas, plantações de arroz, áreas lodosas em geral e campos secos.

Pato-do-mato (*Cairina moschata*)
Ave presente em praticamente todo o território brasileiro. Possui o dorso preto e uma faixa branca na parte de baixo das asas. Essa ave é frequentemente encontrada em cursos d'água, como lagos e rios, cercados por áreas de mata.

Piabinha (*Aphyocheirodon hemigrammus*)
Piaba é o nome utilizado no Brasil para se referir a uma variedade grande de pequenos peixes encontrados nos rios de nosso país. São comumente prateados e possuem boca pequena.

Ribeiro
Curso d'água de curta extensão, podendo também ser chamado de regato, riacho ou arroio.

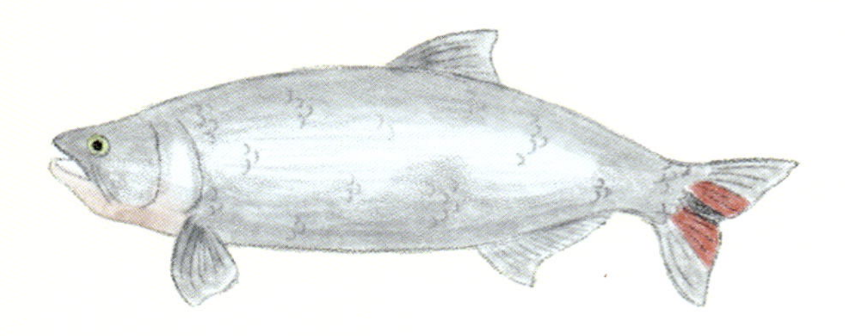

Traíra (*Hoplias malabaricus*)
Peixe de água doce bastante comum nos rios da América do Sul. Possui corpo cilíndrico, boca e olhos grandes e dentes afiados.

Tabarana (*Salminus hilarii*)
Peixe carnívoro encontrado em várias regiões brasileiras, entre elas a Bacia do rio São Francisco. Com escamas predominantemente prateadas, é conhecido por muitos como "dourado branco".

ORIGEM DOS EXCERTOS DE JOÃO GUIMARÃES ROSA

PÁGS. 6 e 7 – Minha gente. *In*: *Sagarana*. São Paulo: Global Editora, 2019. p. 175.

PÁGS. 8 e 9 – Dão-Lalalão (O Devente). *In*: *Noites do sertão*. São Paulo: Global Editora, 2021. p. 20.

PÁG. 10 – Recados do Sirimim. *In*: *Ave, palavra*. São Paulo: Global Editora, 2022. p. 297.

PÁG. 13 – São Marcos. *In*: *Sagarana*. São Paulo: Global Editora, 2019. p. 232.

PÁG. 14 – São Marcos. *In*: *Sagarana*. São Paulo: Global Editora, 2019. p. 227.

PÁG. 15 – Tapiiraiauara. *In*: *Tutameia – Terceiras estórias*. São Paulo: Global Editora, 2021. p. 204.

PÁGS. 16 e 17 – Os cimos. *In*: *Primeiras estórias*. São Paulo: Global Editora, 2019. p. 157.

PÁGS. 18, 19, 20 e 21 – São Marcos. *In*: *Sagarana*. São Paulo: Global Editora, 2019. p. 227.

PÁGS. 22 e 23 – Sarapalha. *In*: *Sagarana*. São Paulo: Global Editora, 2019. p. 121.

PÁG. 25 – Do diário em Paris – III. *In*: *Ave, palavra*. São Paulo: Global Editora, 2022. p. 277.

BIBLIOGRAFIA PARA ELABORAÇÃO DESTA EDIÇÃO

BEHR, Nicolas. *Aves, cores e flores do cerrado*. Brasília: Editora Mais Amigos, 2021.

GRANTSAU, Rolf. *Guia Completo para Identificação das Aves do Brasil*. São Carlos: Vento Verde Editora, 2010. 2 v.

GWYNNE, John A.; RIDGELY, Robert S.; TUDOR, Guy. *Wildlife Conservation Society* – Birds of Brazil: The Pantanal & Cerrado of Central Brazil. Nova York: Cornell University Press, 2011.

JARDIM BOTÂNICO DE BRASÍLIA. *Biblioteca Digital do Cerrado*. Disponível em: https://jbb.ibict.br/. Acesso em: 18 out. 2024.

REZENDE, Rui. *Cerrado:* e outras riquezas do Maranhão, Tocantins, Piauí e da Bahia. Salvador: P55, 2023.

SISTEMA DE INFORMAÇÃO SOBRE A BIODIVERSIDADE BRASILEIRA. Harpia Tax. *In*: *Dicionário Taxonômico. On-line.* Disponível em: https://ferramentas.sibbr.gov.br/harpia/#home. Acesso em: 18 out. 2024.

TURLAND, N. J. *et al.* (eds.) *Código Internacional de Nomenclatura para algas, fungos e plantas* (*Código de Shenzhen*). Tradução: Carlos E. de M. Bicudo, Jefferson Prado e Regina Y. Hirai. São Paulo: RiMa Editora, 2018.

João Guimarães Rosa nasceu em 27 de junho de 1908 em Cordisburgo, Minas Gerais, e faleceu em 19 de novembro de 1967, no Rio de Janeiro. Publicou em 1946 seu primeiro livro, *Sagarana*, recebido pela crítica com entusiasmo por sua capacidade narrativa e linguagem inventiva. Formado em Medicina, chegou a exercer o ofício em Minas Gerais e, posteriormente, seguiu carreira diplomática. Além de *Sagarana*, constituiu uma obra notável com outros livros de primeira grandeza, como: *Primeiras estórias*, *Manuelzão e Miguilim*, *Tutameia – Terceiras estórias*, *Estas estórias* e *Grande sertão: veredas*, romance que o levou a ser reconhecido no exterior. Em 1961, recebeu o Prêmio Machado de Assis da Academia Brasileira de Letras pelo conjunto de sua obra literária.

Valentina Fraiz descobriu que queria ser ilustradora há mais de vinte anos, quando estudava Biologia na Universidade de São Paulo (USP) e fazia desenho botânico como estagiária. O amor pela ciência sempre foi presente, ela desenha para projetos de divulgação científica, ecologia, gênero e mudanças climáticas. Já ilustrou muitos livros de literatura infantojuvenil e seu estúdio fica em São Paulo.

Gustavo Henrique Tuna é doutor em História Social pela USP e mestre em História Cultural pela Universidade Estadual de Campinas, onde defendeu em 2003 a dissertação *Viagens e viajantes em Gilberto Freyre*. É autor das notas ao livro de Gilberto Freyre *De menino a homem* (Global, 2010), vencedor na categoria Biografia do Prêmio Jabuti 2011 e selecionador de *O poeta e outras crônicas de literatura e vida*, de Rubem Braga, vencedor na categoria Crônica do Prêmio Jabuti 2018.

CONHEÇA OUTROS TÍTULOS DE JOÃO GUIMARÃES ROSA PUBLICADOS PELA GLOBAL EDITORA

A hora e vez de Augusto Matraga

As margens da alegria

Ave, palavra

Campo Geral

Corpo de baile

Estas estórias

Fita verde no cabelo

Manuelzão e Miguilim

Melhores contos João Guimarães Rosa

Noites do sertão

No Urubuquaquá, no Pinhém

O burrinho pedrês

O recado do morro

Primeiras estórias

Sagarana

Tutameia – Terceiras estórias

Zoo